北海道豆本 series42

爪句

TSUME-KU

@今日の一枚

― 2019

爪句集 覚え書き—42集

日々写真を撮り、日課のブログ投稿を行い、1年経つと月ごとに17作品を選び爪句集にして出版してきている。この形式の爪句集の最初のものは、2010年の題材を集めて編集した「爪句@今朝の一枚」（第12集）で、その後同タイトルの2011年版、「爪句@日々の情景」（2012年）、「爪句@日々のパノラマ写真」（2013年）、そして「爪句@今日の一枚」（2014年〜）と書名を変え、この毎日の記録の爪句集出版は本集で10年目を迎えている。

これまで、世の中には広まっていない「爪句」という著者の造語で表わした表現形式に拠っての作品作りを心がけてきた。ただ、爪句のテーマは自分を取り巻く日常であり、写真と爪句を表現形式にした自分史、という見方もできると気づいている。これまで爪句集は写真集や句集の括りで考えていたけれど、年数が積み重なると自分史という見方も可能になる、と改めて思っている。

自分史（他人から見れば他人史）は著名人でもなければ、当人や身内以外には興味を持って読まれる事の無い代物である。しかし、写真や俳句（もどき）で記された自分史は、単なる個人の記録に終始するものではなく、作品集として捉えると、それなりの読者を獲得するのではなかろうか。10年の単位で爪句を作り続けているなら、爪句集に自分史というカテゴリーも設けられそうである。

技術の観点からは、爪句集制作に関わる技術史という視点もある。10年前の爪句集にはなかった新しい写真技術が最近の爪句集で採用されている。地上における全球パノラマ写真がそれであり、さらにドローンを飛ばしての空撮パノラマ写真が爪句集に採用されていて、これらは近年の新しい技術である。ネットワークや仮想通貨技術も爪句集に採り上げられている。本爪句集出版に際して採用されているクラウドファンディングの出版費用公募法も、ネットワーク技術により可能となっている。10年前には利用できなかったICT技術の応用である。爪句集は技術の変遷のメモ帳の位置づけにもなる。

最初の爪句集出版（2008年）から年月が経つと、在庫が貯まってきており、それを減らす理由もあって、最近は爪句集をまとめて図書館や公共施設等に寄贈している。寄贈先の方から10年以上も続けて出版されたものは資料としても価値がある、との評価もいただいている。カテゴリー分けにして、北海道の鉄道をテーマにした爪句集等は、鉄道の路線や駅舎がかくも急速に消えていく現状では、全球パノラマ写真であることも手伝って、確かに資料集として貴重なものかもしれない。

今日の一枚の爪句集、あるいは他のカテゴリーの爪句集出版に際して困難がない訳でも無い。特に出版費用が重くのしかかる。毎集1000部の出版で、書店においても売れない爪句集では、出版毎に赤字が積み重なる。著者としての妄想に近いものとして、本爪句集を42集目からさらに出版記録を伸ばせば、あるいは爪句集のどれかは稀覯本となってプレミアムがつくのではないか、といった事がある。

例えば、相場の変動が激しいビットコインで定価をつける事自体は意味が無いところ、ビットコインで定価を定め、支払先の口座のQRコードを印刷した爪句集は、ビットコインで定価をつけた本は皆無だろうから、あるいは爪句集自体が将来のビットコインの相場で取引されるのではなかろうか、とあまり現実的でない考えで夢を膨らませている。

ともあれ、第42集まできたからには。当初の目標の50集まで出版を続けようと考えている。

爪句
@
今日の一枚
—2019

目次

爪句集覚え書き—42集
あとがき

1年は
句作で過ぎて
爪句集

※爪句ブログのカレンダー（**太字**が収録日）

2019年1月

S	M	T	W	T	F	S
		1	**2**	3	4	5
6	**7**	8	9	10	11	12
13	**14**	**15**	**16**	**17**	18	**19**
20	21	**22**	23	**24**	25	**26**
27	**28**	29	**30**	**31**		

2019年2月

S	M	T	W	T	F	S
					1	2
3	4	**5**	**6**	**7**	**8**	**9**
10	**11**	**12**	**13**	**14**	15	**16**
17	**18**	**19**	**20**	21	**22**	23
24	25	26	**27**	28		

2019年3月

S	M	T	W	T	F	S
					1	2
3	**4**	5	6	**7**	**8**	**9**
10	11	**12**	**13**	14	15	**16**
17	18	**19**	20	**21**	**22**	**23**
24/31	25	**26**	27	28	**29**	**30**

2019年4月

S	M	T	W	T	F	S
	1	2	**3**	4	**5**	6
7	8	9	**10**	11	12	**13**
14	**15**	**16**	17	**18**	**19**	**20**
21	22	23	**24**	**25**	**26**	27
28	**29**	**30**				

2019年5月

S	M	T	W	T	F	S
			1	**2**	3	**4**
5	6	7	8	**9**	10	**11**
12	**13**	14	**15**	**16**	17	18
19	20	**21**	**22**	23	**24**	**25**
26	27	28	29	30	**31**	

2019年6月

S	M	T	W	T	F	S
						1
2	3	4	5	6	**7**	**8**
9	10	**11**	12	13	**14**	15
16	**17**	18	**19**	**20**	**21**	**22**
23/**30**	**24**	25	**26**	27	**28**	29

2019年7月

S	M	T	W	T	F	S
	1	**2**	3	**4**	5	**6**
7	**8**	9	10	**11**	**12**	**13**
14	15	16	**17**	18	**19**	**20**
21	**22**	23	**24**	25	**26**	27
28	**29**	30	**31**			

2019年8月

S	M	T	W	T	F	S
				1	2	3
4	**5**	6	**7**	8	9	**10**
11	**12**	13	**14**	15	**16**	**17**
18	19	**20**	**21**	**22**	23	24
25	26	**27**	28	**29**	**30**	**31**

2019年9月

S	M	T	W	T	F	S
1	**2**	**3**	4	**5**	6	7
8	**9**	**10**	11	**12**	**13**	14
15	**16**	17	**18**	**19**	20	21
22	23	**24**	25	**26**	27	28
29	**30**					

2019年10月

S	M	T	W	T	F	S
		1	**2**	3	4	**5**
6	7	**8**	9	10	11	12
13	**14**	**15**	16	**17**	18	**19**
20	21	**22**	23	**24**	25	**26**
27	28	**29**	30	**31**		

2019年11月

S	M	T	W	T	F	S
					1	**2**
3	4	**5**	6	**7**	**8**	**9**
10	**11**	**12**	**13**	14	**15**	**16**
17	18	**19**	20	**21**	**22**	**23**
24	25	26	27	28	29	**30**

2019年12月

S	M	T	W	T	F	S
1	2	3	4	**5**	6	**7**
8	**9**	**10**	11	**12**	**13**	14
15	**16**	17	**18**	**19**	20	21
22	**23**	**24**	25	26	27	**28**
29	30	31				

雲海が　低き所に　赤井川

毛無山の展望所で空撮を行った後、国道 393 号から道道 36 号に抜け赤井川村を通って帰宅。赤井川村では雲の中を走っているようで、それを抜けたところで道路の横の空き地でドローンを上げ空撮を行う。上空 100m からは雲海が低い所に見えた。　(2019 年 10 月 22 日)

2019年1月1日(火)

元日

初日の出　見られずせめて　社殿撮り

上手稲神社の境内は小高いところにあり、鳥居は東向きで、初日の出が鳥居の中央から見えてくる。今年は陽が雪雲に隠されて、初日の出時の撮影は諦め、朝食後宮丘公園を歩いて神社まで行く。拝殿前で参拝者を避けながらパノラマ写真を撮る。

駅伝と　比べ微々たる　運動量

正月二日目は穏やかな天気。運動のためスノーシューを履いて裏山を歩く。途中林の切れたところでドローンを飛ばし空撮。今日から大学箱根駅伝。往路の選手の走りをテレビで視て、駅伝と比べ雪の林歩きの運動量は微々たるものであると感じる。

2019年1月7日(月)

除雪車を
スマホで撮りて
深夜なり

夜中に目が覚めてスマホを見出すと目が冴えてくる。除雪車の音もして雪が積もっているようだ。スマホで除雪車が雪を除けていくところを撮ってみる。ついでにこの写真でブログを書く。これだけ頭を使ってからまた寝る事ができるだろうか。

2019年1月13日(日)

空撮で　定点観測　日の出かな

日の出の写真が撮れそうなので庭で100m上空にドローンを上げて空撮を行う。空撮による日の出の定点観測である。札幌の日の出は7時4分で未だ7時台に留まっている。日の出位置は三角山の裾野に下りて来ている。雪がちらつく朝である。

2019年1月14日(月)
成人の日

大音や　オオアカゲラの　ドラミング

スノーシューを履いて裏山で野鳥探し。大きなドラミング音が聞こえるので、音のする方向に雪をラッセルしながら進む。ドラミングの主を撮るとオオアカゲラである。これは珍しい。アカゲラより大きな音を響かせ「大」の形容詞通りである。

2019年1月15日(火)

クレジット　風景社印は　未完なり

名刺を貼り込んだ空撮全球パノラマ写真のコメントに、この種の写真のクレジットとして有効との評価があった。そこで今日撮影した空撮写真にeシルクロード研究工房のスタンプを入れてみた。未完の風景社印プロジェクトで試作した印である。

2019年1月16日(水)

野鳥撮り　三つ目目的　果たしたり

天気次第で三つの目的を持ち散歩に出かける。スノーシューを履いて雪漕ぎをして運動不足の解消が一つ目。適当な場所でドローンを上げて空撮パノラマ写真撮影が二つ目。野鳥を探して撮影で、この三つ目が一番難しい。今朝はアカゲラを撮る。

2019年1月17日(木)

トイドローン
飛行後講義
映画祭

eシルクロード大学の例会。マーヴェリック・クリエイティブ・ワークスCEOの久保俊哉氏の講義。講義に先立ちM教授が持ち込んだドローンTelloのデモがある。本体重量80gのトイドローンは室内では安定した飛行でなかなかのものである。

2019年1月19日(土)

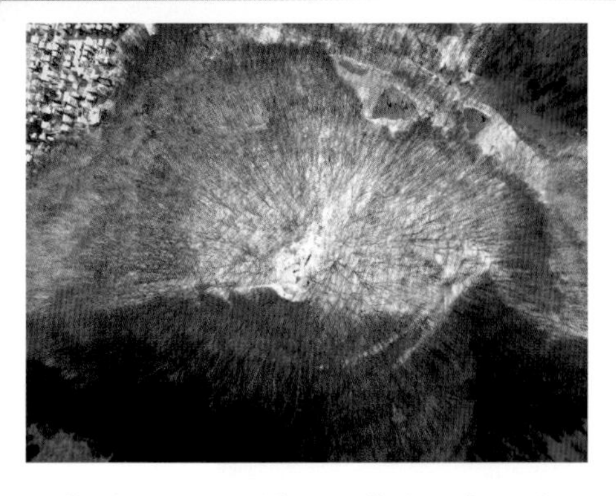

見下ろせば　頭にも見え　点の山

天気が良いので三角点のある三角山に登る。簡易アイゼンをつけ、踏み固められた雪の登山道を行く。40分弱で頂上に着きドローンを50m上空に上げ空撮を行う。上から写すと、枯木を頭髪に見立てて、天辺が少し禿げた人の頭にも見えてくる。

2019年1月20日(日)

爪句集
形現し
返礼品

クラウドファンディング（CF）のリターン（返礼品）として出版準備中の「爪句@クイズ・ツーリズム」の再校が届く。CFの目標金額は10万円に設定していて、これはクリアできそうである。支援者には2月の中旬までに爪句集を郵送予定である。

2019年1月22日(火)

学期末 講義終わりて 写真撮る

特別講義のため北科大に出向く。三橋龍一教授からトイドローン Telloの操縦法を教えてもらい写真撮影を試みる。講義は「中国ネット社会の現状」ということで、昨年9月中国訪問で見聞した事を中心に話をする。講義が終わりパノラマ写真を撮る。

2019年1月24日(木)

海亀の　子らも海外　目指すなり

西南交通大学の侯進先生からWeChatで双子の息子達が日本語試験N2に受かった知らせがある。息子達の海外留学先に日本も考えているようだ。2日前北科大での講義で中国の急速な進歩の原動力は中国に帰国する「海亀」の頭脳による話をする。

2019年1月26日(土)

トイドローン　飛行見つめる　受講生

道新文化センターの1日講座で「クラウドファンディング（CF）って何？」のテーマで講義をする。出席者は15名。CFの支援で制作した全球パノラマ写真カレンダーに関連して、教室でトイドローンを飛行させる。その状況をパノラマ写真に撮る。

2019年1月27日(日)

トイドローン　用途考え　自撮りかな

トイドローンの利用法を考える。少し距離をおいての自撮りも考えられなくもない。スノーシューを履いて雪の林で試してみる。木が多い場所では枝とぶつかる心配があり、ドローンを飛ばせない。その点トイドローンは木の間で気軽に飛ばせる。

2019年1月28日(月)

ドローン撮　ここシスティーナ　白昼夢

昔々学会でローマを訪れた時、バチカンのシスティーナ礼拝堂でミケランジョロが描いた天井壁画を見上げた。この壁画を自宅の天井で見たいとコピーを購入して貼り付けておいた。トイドローンを絵に近づけて礼拝堂で撮影している白昼夢である。

2019年1月30日(水)

アカゲラの　食い散らかすや　枝の先

林の中ではキツツキ類の野鳥を見つけ易い。遠くでもドラミング音が聞こえるので、それを頼りに野鳥の居場所を探し当てる。アカゲラは木の中に潜む虫をほじくり出そうとしているのだが、時には木そのものを突いて食べているかのように見える。

2019年1月31日(木)

色校や　空撮記録　トイドローン

共同文化社で爪句集の色校チェック時に室内でトイドローンを飛ばして作業の様子を空撮する。トイドローンはカメラを上下に振ることができないので、機体の下の様子を撮るのが難しい。それでも何とかテーブルの上の色校をカメラに収める。

2019年2月1日(金)

明けの空　月と惑星　揃い踏み

今日から2月の未だ暗い空に三日月、金星、木星が光っている。ドローンを自宅庭の70m上空に上げ月と惑星の揃い踏みを撮る。三日月は輪郭がぼやけ、地上でドローンを操作して空撮を行っている自分の影は街路灯に照らされてはっきりと写る。

2019年2月5日(火)

タマネギを　運ぶやここは　雪公園

好天になった午前中、70回目のさっぽろ雪まつりの写真撮影のため大通会場まで行く。JR貨物の機関車「DF200」、通称レッドベアの雪像がある。この貨物列車で運ぶ農産物のたまねぎやジャガイモ、カボチャらしい雪のレリーフが車体に見える。

2019年2月6日(水)

(2013・3・14撮影)

石炭車
写真に残り
知人(しれと)駅

朝刊（道新）の社会面に釧路石炭列車が来月にも運休予定で、その後は廃止を検討するとの記事が載る。石炭列車は太平洋石炭販売輸送臨港線の春採駅と知人駅間で石炭を運んでいる。知人駅の近くで撮った石炭列車のパノラマ写真を処理してみる。

2019年2月7日(木)

大雪像　撮る人の手に　スマホかな

　夕食後、暗くなってから雪まつりの行われている大通会場に出向く。大雪像をスクリーンにしたプロジェクション・マッピング（PM）のパノラマ写真撮影が目的である。しかし、PMの会場は見物客で溢れ撮影は困難。ライトアップの大雪像を撮る。

2019年2月8日(金)

初めての　投影映射　重ね撮り

昨夕撮影の雪まつり大通会場のプロジェクション・マッピング（PM）のデータ整理。初音ミクと戸山香澄の大雪像にPMが行われたところを狙ったのだが、観客が多くて撮影は断念。PM実演を外したパノラマ写真にスマホのPM写真を貼り合わせて鑑賞する。

2019年2月9日(土)

朝に見る　夜のイベント　大雪像

雪まつりのプロジェクション・マッピング（PM）実演中のパノラマ写真撮影は無理と納得したので、パノラマ写真にPMの別撮りの写真を貼り合わせる方法を検討。5日朝撮影の貨物列車のパノラマ写真に7日夕方撮影のPMの写真を貼り合わせてみる。

2019年2月11日(月)
建国記念の日

初演から　マニア齢とる　40年

天気が良く家人が大通まで出るというので、雪まつりのパノラマ写真撮影に行く。地下鉄の西11丁目駅で下りる。10丁目にはスター・ウォーズの大雪像がある。エピソード9（仮題）の公開を記念して造られ、物語の戦闘機に試乗し写真も撮れる。

2019年2月12日(火)

解体や　企業イメージ　懸念なり

大雪像の解体作業の撮影に出かける。新聞報道では解体作業に人気が出てきて、写真撮影のスペースを確保して雪まつりの付録的イベントを目論んだ。この企画にJR貨物がクレームを出し、実現しなかった。同社のレッド・ベアの取り壊しを撮る。

2019年2月13日(水)

シメを撮り　散歩の意欲　萎(しぼ)みたり

　朝雪が降っていたのに陽が出てきた。野鳥撮りを兼ねた散歩に行こうかと窓の外を見ると良いタイミングでシメが木の枝に止まっていて何枚か撮る。野鳥の写真が撮れたので雪道の散歩に出かける気持ちは急速に萎む。シメの写真でブログを書く。

2019年2月14日(木)

トイドローン
機体乾かし
チョコレート

トイドローンの操作を忘れないように飛行練習。外で飛ばして雪の中に墜落させる。機体から雪を取り除いてテーブルの上で乾かす。そうこうしているうちにチョコレートが届けられる。バレンタインデーで、近年は身内からのものだけとなる。

2019年2月16日(土)

降る雪や　鱗模様の　ツグミかな

雪が降ったり止んだりの天気。午後も郵便物を投函するためポストまで歩く。ツグミが目に留まり何枚か撮る。ツグミは胸から腹にかけて特徴のある鱗状の斑模様がある。雪がちらついて降って来る中、ナナカマドの実はほとんど残っていない。

2019年2月18日(月)

観覧料　夭折（ようせつ）画家を　遠ざける

道新の文化面に深井克美の作品展の案内記事が載る。同画家については勉強会eシルクロード大学でもSさんの講義を聞いており、作品も道立近代美術館で鑑賞している。この時は無料で今回は千円ということで、多分観に行く事はないだろう。

2019年2月19日(火)

直ぐ逃げる　朝焼けの空　撮り押さえ

朝焼けをドローンで撮ってみると、空の茜色に染まった家々が写る。しかし、茜色の空そのものは上手く撮れない。地上から空を写すと、人工物に遮られて構図は選べないけれど、朝焼け空の色は写し取る事ができる。朝焼けは直ぐ逃げてしまう。

2019年2月20日(水)

超月や　夜空を焦がす　スキー場

昨夜のスーパームーン空撮撮影では、満月が天頂近くまで移動していて、ドローンのカメラでは撮影できなかった。そこで今夕は月が昇り始める頃を狙って空撮を行った。東の方角に月が現れ、南の方向の盤渓スキー場の照明が夜空を焦がしている。

2019年2月22日(金)

カラオケで
帰宅の思案
地震かな

昨夜勉強会後の飲み会で地震に遭遇。場所はビアケラーの内でもかなり揺れる。帰宅しようにも地下鉄が運休。中本氏、新山氏に誘われカラオケ店で様子を見る事にする。結局新山氏の会社の社員に車で送ってもらう。朝刊に歩いて帰る人達の写真。

2019年2月24日(日)

クレーター　写した月が　西の空

日の出前に散歩道で空撮を行う。空が未だ暗い頃、クレーターを撮影した月が西の空に写っている。その月の撮影場所の我が家も見えている。空撮パノラマ画面の月をクリックするとクレーターの見える画面に飛ぶにはどうすればよいのか考える。

2019年2月27日(水)

雪解けや　道路の黒く　二月末

ドローンの機体に内蔵しているマイクロSDが壊れたようで、画像データが書き込めない。フォーマットもできない。別のSDメモリでデータ記録ができるかどうか、陽が落ちる頃空撮を行う。どうにかデータは書き込め、パノラマ写真が得られる。

2019年3月1日(金)

つぼ足で　リスを撮るなり　弥生入り

　好天に誘われ裏山に足を延ばす。スノーシュー
を履くのが面倒なのでつぼ足で積雪の上を歩く。
リスが遠くで道を横切ったので林に入りリスを探
す。木の上のリスを撮るけれど、つぼ足では足場
が不安定で上手く撮れない。今日から3月に入る。

2019年3月4日(月)

何でまた自著の古本網競売

西南交通大学の候進先生より WeChat で拙著のネットオークションの情報が届く。「続マイコンと私」（1981 年）と武漢物理所の何先生へのメモ書きと一緒の出品。値段は 300 元（現在のレートで 5 千円）とあり、候進先生同様、何でまたと思う。

2019年3月7日(木)

飛ぶ鳥や　小さく写り　日の出かな

操縦方法を忘れないようにするため、しばらく使用していなかった機種のドローンを飛ばして空撮を行う。パノラマ写真撮影法を思い出す。日の出の位置は都心部の真上まで移動してきている。空に飛んでいる姿が写っているのはカラスだろうか。

2019年3月8日（金）

花と雪　白き飾りの　フキノトウ

時折少しばかり雪が降ってくる。今年は雪が少なく、土が現れているところに薄緑のフキノトウが顔を出している。3月上旬のフキノトウの記憶は無い。薄緑の周囲の白いものは降ったばかりの雪で、フキノトウの上の白いものは花のようである。

2019年3月9日(土)

ドローン停め　重ね撮りする　日の出かな

ドローンを抱え日の出の空撮を行うため裏山に行く。締まり雪で山の斜面をつぼ足で歩いて行ける。この時期の山歩きが快適である。ドローンを100m上空に上げ空撮を行い、降下時に日の出と重ねてホバリング状態のドローンをスマホで撮る。

2019年3月10日(日)

撮り鉄の　予想ほど居ず　拍子抜け

早朝F社のF社長と同社のY氏の運転する車で夕張支線の列車空撮に出向く。3月で廃止となる夕張支線で、さぞや大勢の鉄道ファンが線路脇でカメラを構えているかと予想していたら、終着の夕張駅でそこそこの人がいただけで拍子抜けである。

2019年3月12日(火)

空撮や　ハンカチ見えず　ロケ長屋

2日前に撮影に行った夕張支線の空撮パノラマ写真の処理。映画「幸福の黄色いハンカチ」の舞台になった炭鉱住宅が観光用に保存されている。冬期間は休業中なので、近くの広場からドローンを上げ空撮する。処理したパノラマ写真に炭住が写る。

2019年3月13日(水)

撮りたきは　羽の流れぬ　写真なり

　飛ぶ野鳥の羽が流れ画像にならないように撮るテクニックを会得したいものだと、ヒヨドリの群れを見つけて飛ぶ瞬間を狙って撮ってみる。しかし、速い動きについていけない。偶然写った写真を見ても、目標に到達するのはまだまだの感がある。

2019年3月16日(土)

六年（むとせ）経ち
廃駅の報
写真処理

(2013・3・14撮影)

新聞に花咲線の初田牛、根室線の尺別・直別は16日の昨日で営業を終えたとの記事を目にする。この3駅のパノラマ写真の未処理のものを処理する。撮影日を見ると2013年3月14日で丁度6年間経っている。尺別駅では200人以上が別れを惜しんだ。

2019年3月19日(火)

(2014・9・6撮影)

道新に
廃駅記事無く
羽帯駅

羽帯駅が16日で廃止となった。北海道新聞（札幌版）に駅廃止の記事が出ているかと注意して見ていても出て来ない。ネットで検索して毎日新聞の記事が見つかる。駅に集まった人に惜しまれ、60年間の駅史を終えた。駅のパノラマ写真を見る。

2019年3月21日(木)
春分の日

生「食」の　人気のパンに　買人（ひと）並び

今日は会社が休みの祝日である事を失念して街に出る。会社が閉まっていて用事が足せず。仕方がないので街をぶらついていると、小さな店に人が並んで買い物をしている。生「食」パンの店「乃が美」である。生食パンとは初めて聞く商品名だ。

2019年3月22日(金)

地下で撮る
アイヌ文化や
新広場

伊藤組100年記念基金への応募申請書を提出するためJR札幌駅近くの同基金事務局まで出向く。朝刊に記事が出ていた、昨日オープンした地下歩行広場「ミナパ」のパノラマ写真を撮る。広場を見守るアイヌの神のシマフクロウが羽を広げている。

2019年3月23日(土)

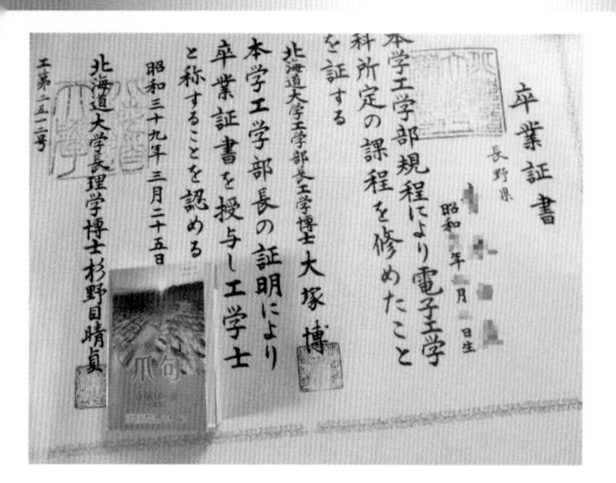
卒業証書

長野県

昭和　年　月　日生

本学工学部規程により電子工学科所定の課程を修めたことを証する

北海道大学工学部長工学博士　大塚博

本学工学部長の証明により卒業証書を授与し工学士と称することを認める

昭和三十九年三月二十五日

北海道大学長理学博士　杉野目晴貞

工第二五一二号

三十九　卒業年と　爪句集

昨日共同文化社から「爪句@今日の一枚―2018」が届く。これが通巻39集目となる。大学を卒業したのが昭和39年で、卒業年の話になると元号の出番となる。卒業後見る事もなかった卒業証書と爪句39集を並べて撮って、卒業証書を生かしてみた。

2019年3月24日(日)

箱の家　雪で化粧の　彼岸明け

　冬に戻った西野の街を空から写してみる。小箱を並べたように住宅が並んでいる。雪が落ち黒い三角屋根の我が家もすぐ見つかる。雪で白く覆われた中の川、西野川の河川敷に細い川筋が黒く写っている。雪が降っているのか都心部は霞んでいる。

2019年3月26日(火)

難読の　絵鞆(えとも)岬は　曇りなり

昨日初めて室蘭市の絵鞆岬を訪れる。絵鞆とは難読地名である。岬の崖上が展望台になっているのでここからドローンを飛ばして空撮を行う。室蘭港の出入り口の防波堤と大黒島、湾を南北に横切る白鳥大橋、夜景が人気の工場地帯が遠くに写る。

2019年3月29日(金)

空撮の
暦見つけて
北科大

　ドローンの事で北科大のＭ教授のところに行く。プロポとタブレットを有線でつないでいるのにWi-Fi接続と勘違いしているお粗末さで、認知症に入りかけてきたかと思ってしまう。同大同窓会事務室に自分の空撮写真のカレンダーを見つけて撮る。

2019年3月30日(土)

寄贈して　写真に撮りて　爪句集

夏タイヤに交換のためディーラーに出向く。ついでにレトロスペース坂会館に寄り、新刊の爪句集を寄贈する。これまで寄贈した爪句集が並んでいるので写真を撮る。室内のパノラマ写真撮影も試みる。三脚を使わないので貼り合わせのずれが目立つ。

2019年4月1日(月)

冴えぬ朝　新元号は　令和なり

　裏山で固雪の上で日の出の空撮を行う。雲があり、見応えのある日の出景からほど遠い。今日は新元号の発表日なので記念日として撮っておく。正午近く菅官房長官による元号の発表をテレビで視る。万葉集から文字を選んで「令和」となる。

2019年4月3日(水)

半日で　雪景色消え　四月なり

朝降って地上を覆っていた雪は、午後の陽で解けてしまう。その様子を空から撮って、今朝の雪景色と比べてみる。道路や屋根にあった雪は消えて、黒いアスファルトや黒色の屋根が現れてくる。朝と午後のこの景観の劇的変化に目を見張る。

2019年4月5日(金)

入学や　気遣いみせて　身だしなみ

入学式に出席する前に新1年生の身だしなみを整える手伝い。入学式はA市にある小学校であるけれど札幌から出向いての助太刀となる。平成最後の入学式で、1か月後には令和時代の児童となる。飛行させたトイドローンが床にあるのが写る。

2019年4月10日(水)

(2013・7・15撮影)

珍しき　ツーショット写真　見つけたり

外付けディスクを５台もパソコンにつないで、あちらこちらにデータを保管しているうちに、どこに何があるのわからなくなっている。先の選挙で道知事となった鈴木直道氏と再選の秋元克広札幌市長のツーショットのパノラマ写真を探し出す。

2019年4月13日(土)

日の入りを　前に撮り止め　テレビ視る

新聞の天気予報欄に見事なまで全道に晴れマークが並ぶ。この良い天気にパソコンの前に座っているのはもったいないと思いつつ終日デスクワーク。夕方庭でドローンを飛ばし、天気の良かった一日を記録する。日の入り時はテレビのドラマを視る。

2019年4月15日(月)

クリスマス　名とは異なり　春の花

雨降りの朝で気温が低い。庭に出て今日の一枚の花を物色する。クリスマスローズが咲いている。名前にクリスマスが冠されているけれど春先の花である。下向きに咲くので、立っての撮影では花の内が写らない。根元の草は未だ生えていない。

2019年4月16日(火)

雪解けの　道で確認　ツグミかな

雪解け道の先で動くものがある。野鳥で、あまり距離を詰めると逃げられてしまう。地面を歩いているのでツグミだろうと見当はつくものの、写真を拡大してみなければ確信が持てない。ピントが合っていて、かなり拡大してもツグミは鮮明に写る。

2019年4月18日(木)

巣の下で　クマゲラ待ちて　仰ぎ撮り

野鳥撮りの第一条件は野鳥の居そうなところを探す事である。野鳥の巣を見つければこの条件は満たされる。昨日見つけたクマゲラの巣と思われる幹の穴のところで少し待つとクマゲラが飛んできた。巣の中に雛が居るのかどうかはわからない。

2019年4月19日(金)

成都市に　居場所見つけて　拙著かな

帰国した西南交通大学の侯進先生からWeChatで写真が送られてくる。今まで侯先生に贈った拙著が棚に並んでいる。今年は拙著爪句集40巻の公共施設への寄贈プロジェクトを考えていて、地下室に山積みになった爪句集を少しでも減らすつもりである。

2019年4月20日(土)

クマゲラや　黒き鳥影　幹に見え

　クマゲラが木の巣穴から顔を出している様子が写った全球パノラマ写真の撮影を試みる。張り合わせる周囲の写真を7枚撮り、クマゲラが顔を出すのをカメラを抱えて待つ。やっと顔を出したところを1枚撮影。全視野中のクマゲラは小さく写る。

2019年4月21日(日)

昇る陽と　落ちる月撮る　卯月朝

クマゲラの巣に行く途中、空き地を見つけて日の出の空撮を行う。50m の上空からは我が家の三角屋根も見える。日の出の東空から 180° 目を移動させた西の空には、送電線の鉄塔に掛かって月が写っている。クマゲラの居る森も確認できる。

2019年4月24日(水)

鳴き声を　頼りに見つけ　アオジかな

日の出前に家を出てクマゲラの巣のところまで歩く。巣にはクマゲラの姿は無くどうしたのだろうかと思う。中の川の上流の方に歩いて探鳥である。鳴き声がして撮った野鳥を帰宅して調べる。図鑑やネットの画像と見比べてアオジと判定する。

2019年4月25日(木)

爪句集　寄贈企画の　写真撮り

爪句集の40集目の原稿を整理している。ついでに全40巻の爪句集寄贈プロジェクトを考えていて、クラウドファンディング（CF）の利用を目論んでいる。CF用のHPを作成中で、そのTOP画像を撮る。既刊39巻とドローンの機体を選んでみる。

2019年4月26日(金)

黒衣装　もっと撮りたき　赤帽子

久しぶりにクマゲラが巣から顔を出しているのを見る。こちらを警戒してか頭をあまり穴の外に出さないので、クマゲラの頭の赤い部分がほんのわずかしか写らない。もっと頭を出してと無言の呟きはクマゲラには届かず、不満足な写真となる。

2019年4月28日(日)

空撮で　確認したり　迷い道

散歩で西野西公園につながる散策路から帰宅する時、西野市民の森を抜けるルートを選ぶ。途中道を見失う。送電線の鉄塔に出て、そこから笹藪を漕ぎ分け、谷の流れ沿いに下りやっと開けた所に出る。迷った道の確認のためドローンで空撮を行う。

2019年4月29日(月)
昭和の日

桜咲き　東に日の出　西雪山

早朝家人の運転する車で軽川の桜堤まで日の出の写真を撮りに行く。桜は満開で空から見ると桜並木がお祭りの飾りのように見える。軽川の西の方角に見える手稲山は未だ雪が残っている。軽川の東方向の地平線に昇る陽を100m上空から撮る。

2019年4月30日(火)
国民の休日

これがまあ　平成最後の　日の出かな

平成最後の日の日の出を撮りに行く。日の出時刻は4時半前後になっていて、4時前の未だ暗い時に家を出る。空撮後はクマゲラの写真も撮ろうとして、クマゲラの巣の近くでドローンを飛ばし、昇ってくる陽を待ち構える。撮影は成功である。

2019年5月1日(水)
国民の祝日(新天皇即位日)

日の出前　夜景を撮りて　令和開け

令和の幕開け初日の日の出を撮影しようと朝の3時から準備する。日の出前の夜景を散歩道で空撮する。日の出が撮れなかったら、日の出前の夜景をと考えた。少し空が明るいところもあり、日の出を期待したけれど結局日の出は撮れなかった。

2019年5月2日(木)
国民の休日

剪定木(せんてい)　窓を額にし　花絵見る

　曇りの朝で写真を撮りに外に出る気分にならず。怠け者写真家で家の中から窓際に見えるソメイヨシノを撮る。この桜の木は大木になりつつあり、庭木として持て余し気味で昨年剪定を行う。それでも隙間があっても窓を額に満開の花を見せている。

2019年5月4日(土)
みどりの日

日の出撮り　ロケットも飛び　みどりの日

改元で令和が始まった5月1日から日の出の空撮写真を撮ろうとしていて、日の出を見る事がなかった。今朝令和最初の日の出空撮に成功である。4月30日に大樹町で打ち上げ予定だったMOMO3号機も今朝打ち上げに成功し、TV放送があった。

2019年5月5日(日)
こどもの日

探鳥の　足元に見る　花コラボ

探鳥散歩では野鳥の姿を求めて上の方ばかり視線を泳がせる。しかし、撮影のための足場にも気を配る必要もあり足元を見る。エンレイソウとエゾエンゴサクが重なるようにして視界に入ったので撮影する。1枚の写真に2種類の花で効率が良い。

2019年5月9日(木)

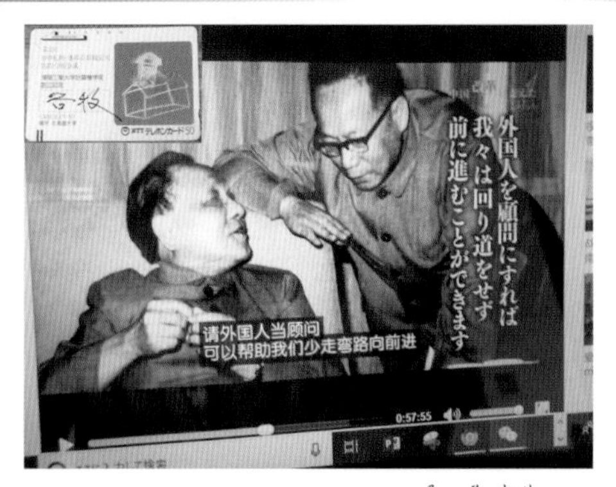

我もまた　専家の一人　三十年（みそとせ）前

西南交通大学侯進先生からの情報で、中国で放送された「中国改革開放を支えた日本人」を視る。鄧小平と話している谷牧副首相の写真が出てくる。1987年9月30日国慶節に招待され、人民大会堂で谷牧国務委員から自家製テレカに署名してもらった。

(前列右から2人目谷牧国務委員、前列左から2人目筆者)

鬼籍入る
要人捜し
若き我

中国で放送された「中国改革開放を支えた日本人」の番組に登場する谷牧副首相に関連し、昔の資料等を探し出す。国慶節で北京まで招待された時、1987年9月30日友誼賓館で他の外国人専家と一緒に谷牧国務委員を中心に撮った記念写真を見つける。

2019年5月12日(日)

誤魔化しの　つなぎ作業や　低空撮

屋根の高さ程度にドローンを上げての空撮パノラマ写真撮影は、写真のつなぎ合わせが難しい。それでも誤魔化し、誤魔化しで空撮写真から見られる写真を合成する。家族の写真はブログに載せるなとのお達しで、上空から顔の見えない写真となる。

2019年5月13日(月)

認知症
テストで期待
サクラ咲く

運転免許証の更新のための高齢者講習日。認知症のチェックである。本日の日にちを尋ねられるそうで、今朝のブログを投稿して日にちを確認。庭の八重桜が朝日を反射してきれいだったので、ブログ用に撮影。認知証テストでサクラ咲くを期待。

2019年5月15日(水)

カワガラス　狩りに成功　口に蟹

　中の川沿いを散歩。以前この小川でカワガラスを撮影したことがある。しかし、その後カワガラスの姿を見ていない。そこに黒い物体のカワガラスが飛んできて追っかけをやる。水中での狩りを成功させ、石の上で獲物を口にしている現場を撮る。

2019年5月16日(木)

キビタキを　撮る心急く　朝餉会

野鳥の鳴き声を追って、西野西公園からつながる散策路を歩く。鳴き声のする梢を見上げるとキビタキが止まっている。動かないので撮り易い。時間をかけて探鳥散歩を続けたかったけれど、今朝は都心部のホテルで朝食会があり心が急いている。

2019年5月19日(日)

灯台や　西に満月　日の出待つ

朝早く起きて車で石狩浜まで行き空撮を行う。風が強くて、強風に注意して飛行させるようにとの注意がタブレットに表示される。今夜は満月で、円い月が石狩灯台の斜め上の西の空にある。日の出が近づいて石狩川が赤味を帯びて写っている。

2019年5月21日(火)

風の有り　ラン花の母衣（かほろ）の　出番なり

狭い庭にクマガエソウが密集して咲いている。ツツジの木花がクマガエソウに伸し掛かるようにしてある。庭に面した道は自動車が通るけれど歩く人は少ない。せっかくのラン科の花も見る人がいなければ勿体ない。せめてブログでの紹介である。

2019年5月22日(水)

スキャンして
過去を取り込む
作業かな

終活も頭の隅において、写真や書類をスキャンデータとしてディスクに取り込んでいる。ついでに娘の書いたものもデータとして取り込む。読むと、娘に食事を作っていた頃の記述があって、家事は何もしなかった訳ではなかったと思い出す。

2019年5月24日(金)

ギンランは
朝日を浴びて
光りたり

散歩中に以前に見た花はどうなっているか探すことがある。この時期ギンランの花が咲いているはずなのだが宮丘公園内で見つけられない。公園から外れたところで数株見つけて写真に撮る。ササバギンランの可能性もあるが詳しく調べていない。

2019年5月25日(土)

舞台裏
活字拾いて
印字なり

「μコンピュータの研究」のスキャナによる画像データ取り込み作業を続行。この冊子は手書きの原稿を印刷し、巻頭言とか編集後記はタイプ打ちだった。並んだ活字を手作業で拾い印字する。ワープロとプリンターを使う今では考えられない。

2019年5月26日(日)

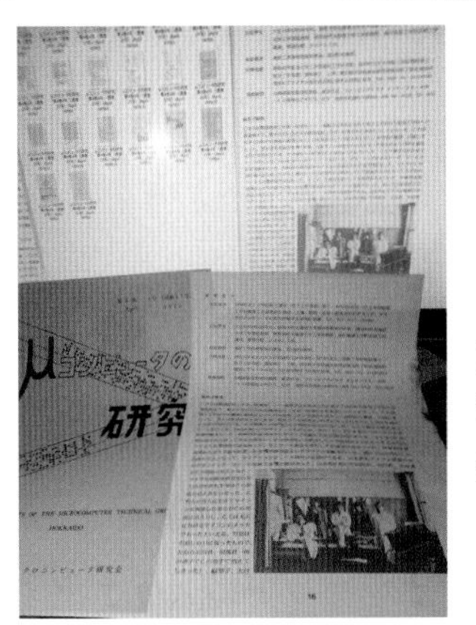

暑き日に
熱き時代を
思い出し

今日は暑かった。在宅の家人が立ち眩みのような熱中症の手前の症状になる。「μコンピュータの研究」のデータ取り込み作業を続行で編集後記を読む。北大電子工学科から電気工学科に移る時の感想で、今視ている「白い巨塔」のTV番組と重ねる。

2019年5月31日(金)

空撮に　オオハナウドの　白き花

少しばかり顔を出した朝の陽は雲の中に入ってしまう。西野川の源流近くまで歩いて行く。川に沿った小道でドローンを飛ばし空撮を行う。100m上空から見た地上に白い花が咲いているのが写る。大型の花のオオハナウドで、今が盛りである。

2019年6月1日(土)

水無月や　山から緑　流れ落ち

北1条・宮の沢通が見下ろせる散歩道で空撮を行う。バイパス通りに沿って宮の沢の住宅街が見える。西区と手稲区の境界の道路も写る。手稲区の先は小樽市と石狩市で、100m上空からは石狩湾が広がっているのが確認できる。今日から6月。

2019年6月7日(金)

音立てて　急に飛び出す　鹿を撮る

森が迫るところに畑があり、畑の近くで急に大きな音がする。何事かと思うと鹿が畑から飛び出していく。畑を鹿に荒らされないようにネットが張られているけれど、ネットを突き破っていく勢いである。鹿はしばらくこちらを見ていてから去る。

2019年6月8日(土)

空撮や　子どもも見上げ　大学祭

北大祭の写真を撮りに行く。インフォーメーションセンター「エルムの森」の売店に爪句集が置かれているのを確かめる。情報科学研究棟1階で行われていた「テクノロジーアート展」の会場でドローンを飛ばし会場の雰囲気を上空から撮影する。

2019年6月9日(日)

撮影会　色気のモデル　無料なり

YOSAKOI ソーラン祭りではたまたま出会ったチームの写真を撮る。チーム名さえ分からないものが大半である。旗に「アイドルカレッジ」の文字が染め抜かれた女性チームの踊り手はなかなか色気があって愛嬌も良く、写真の撮り甲斐があった。

2019年6月11日(火)

爪句集 禁帯出の 貴重本

札幌大通高校に爪句集25集～39集を寄贈するため出向く。道新文化センターの都市秘境巡りの講座で同校を見学した時、それまで出版してあった1集～24集を寄贈している。都市秘境の自著も寄贈し写真を撮る。同校のNさんが対応してくれる。

2019年6月14日(金)

花と蝶　墨で描いたか　翅の筋

夕食後もしばらくは明るい。庭に出てマツムシソウを撮る。マツムシ（鈴虫）が鳴くころに咲くのでこの名前になった説がある。しかし、虫の鳴き声もない春の早い時期から咲いている。翅筋のはっきりしたモンシロチョウが花に止まっている。

2019年6月16日(日)

雨模様　人力車(くるま)に覆い　稚児見えず

北海道神宮例大祭の神輿渡御の写真を撮りに行く。北1条通の第一鳥居付近で出発を待つ祭列のパノラマ写真を撮る。人力車に母親に付き添われた稚児達が乗っている。雨模様の天気で人力車にカバーが掛けられ、稚児の姿を良く写せなかった。

2019年6月17日(月)

荒天や　厚き雲下（うんか）に　モエレ山

夜中から風が強く朝まで続いている。時折雨で今朝の散歩は中止。ベランダからモエレ山を撮る。近景の屋根が写るので極力屋根が入らないようにして撮る。高さ52m 標高62m の人工の山が厚い雲の下にある。平らな東区で唯一の山である。

2019年6月19日(水)

ネット見て　低木と知る　ジャコウソウ

他家の庭の一画にイブキジャコウソウが咲いている。ジャコウ（麝香）の香りがする事からの命名である。地面を覆う草花かと思っていたら、低木だったのをネットで知る。ハーブのタイムはタチジャコウソウの名前があり、こちらも小低木である。

2019年6月20日(木)

爪句集　ワオキツネザル　見つめたり

爪句集40巻を大学や公共施設に寄贈するプロジェクトをクラウドファンディングの支援で行っている。M社のS社長が星槎学園に寄贈してくれる事になり、39巻までを同社に持ち込む。S社長は中国出張中で会えず、ワオキツネザルの写真があった。

2019年6月21日(金)

(2011・11・11撮影)

テストには 1のぞろ目の 日の写真

パノラマ写真の処理の過程で不具合がありＦ工業のＹ氏に来てもらいソフトの更新を行う。2011年11月11日の1のぞろ目の日に三角山頂上で撮影・処理したパノラマ写真を使う。同社のＦ社長も同道で、新しく起業した不動産会社の名刺を渡される。

2019年6月22日(土)

システムは
上手く動きて
更新後

(撮影2011・11・3)

全球パノラマ写真の処理システムを一部更新したので、そのチェックを行う。北1条教会のパノラマ写真をテストに使う。この教会は「爪句@クイズ・ツーリズム」には載せていない。クイズ・ツーリズムの神社・寺・教会編は積み残しである。

2019年6月23日(日)

窓で撮る　庭を横切る　キツネかな

庭の山桜の根元にキツネが寝そべっている。そのうちキツネは歩き出して菜園を横切るのをガラス窓越しに撮る。キツネの背後にある繁った植物はルバーブである。キツネが糞などをしてエキノコックスなんかが、ばら撒かれないか少し心配になる。

2019年6月24日(月)

山道で　互いに見つめ　人キツネ

散歩道でキツネと遭遇する。昨日自宅庭で見たキツネと同じようである。しかし、場所は自宅からかなり離れている。ここら辺もこのキツネの縄張りらしい。山道で逃げ込める薮が近くにある安心感か、こちらの様子をしばらく伺ってから消えた。

2019年6月26日(水)

花フェスタ　並ぶテントや　花市場

大通公園で開催中の花フェスタの写真を撮りに行く。大通7丁目は平らな円形壁泉を取り巻くように花市場のテントが並ぶ。客は花を手に取って品定めをし、気に入ったものを買っていく。写真を撮る人はスマホでカメラを持つ人は少なかった。

2019年6月28日(金)

爪句集　豆本新居　文学館

これまで出版して来た爪句集の寄贈プロジェクトで道立文学館に爪句集39冊を運び込む。工藤正廣館長（写真左）と野村六三専務理事（同右）が対応してくれる。文学館で豆本の展示イベントの話なども出て、来年度には実現するかも知れない。

2019年6月30日(日)

会場に　サンバのリズム　小祭り

大通公園10丁目で開かれているフェアトレードフェスタを覗いてくる。2002年に始まり、今年は札幌市が同運動の日本で5番目の認定都市になった。運動推進の団体等が出展し販売を行い、北海道のサンバチームが出演し会場を盛り上げていた。

2019年7月1日(月)

梅花藻（ばいかも）と　ワスレナグサの　ツーショット

　今日から7月の月曜日で、区切りが良いので中の川の梅花藻がどうなっているか見に行く。花は水中で咲き出し、ぽつぽつと水面に顔を出している。近くにワスレナグサが咲いていて、落ちた花弁が梅花藻の近くまで流れてきて写真に写り込む。

2019年7月2日(火)

アオサギの　目のセンサーに　感知され

中の川の河川敷を歩いていると、一瞬視界を大型の野鳥が横切る。アオサギだろうと見当をつけ、飛び去った方向にそっと近づく。川岸の丈の高い草に隠れるようにしてアオサギがいる。警戒心の強い野鳥で、遠くから2、3枚撮ると飛び去った。

2019年7月4日(木)

梅花藻を　石の上から　覗き見る

朝の散歩時に家人と中の川の梅花藻の咲いているところまで行き写真を撮る。梅花藻の花のほとんどは未だ水中にあり、水面に花が出てくるのはこれからである。ワスレナグサも咲いている。道端に咲くムシトリナデシコを根ごと採り庭に植える。

2019年7月6日(土)

空撮で　記録に残す　庭菜園

庭に造った小さな畑の様子を50m上空から撮影する。2株のカボチャが蔓を伸ばしているのが写る。トマトとキュウリが8本伸びている。花壇も認められ、フェンスのところにバラの花が咲いている。今朝オオアカゲラを撮影した森も写っている。

2019年7月7日(日)

親子岩　空から撮りて　昆布干す日

家人と交替しながら運転し、様似町まで行く。目的は同町の観光の象徴となっている親子岩の空撮である。親子岩にもっと近づけて空撮を行いたかったけれど、ドローンを海に墜落させる懸念が頭をかすめ、波打ち際辺りの上空からの撮影となる。

2019年7月8日(月)

リスを追い　動きを止めた　姿撮る

西野西公園で野鳥との出遭いを期待して、写真に収まったのはリスである。動き回るリスは神出鬼没の表現が当てはまる。カメラで追いかけていて、姿が見えなくなったと探すと隣の木にいたり、地面を駆けていたりする。動きを止めたリスを撮る。

2019年7月11日(木)

観賞は　切り株の上　夏椿

散歩日和の朝。庭の楓の切り株に夏椿の花が散っている。樹上で見るより地上で鑑賞する一日花である。この写真撮影後近くの山道を歩く。野鳥は囀りだけで姿を見る事はなかった。5千歩の散歩で撮った写真で、残すものにこの1枚を加える。

2019年7月12日(金)

雨来たり　カミキリモドキの　赤の冴え

　天気予報では曇りから雨とある。雨になる前に庭で花の撮影と思っているうちに雨粒が落ちてくる。急いでユーホルビア・ポリクロマの花の上で動く小さな虫を撮る。図鑑で調べるとスジカミキリモドキらしい。黄色い花に背中の赤色が冴える。

2019年7月13日(土)

我が資産
６００円なり
スマホ中

朝刊に「ビットポイントジャパン」社から仮想通貨35億円分が流出した記事が出ている。仮想通貨の勉強を始めた頃に作った口座がスマホに残っていて、残高に612円の数字がある。最近は暗号資産とも呼ぶようになってきて600円の資産である。

2019年7月17日(水)

生涯の
最後の年と
花咲かせ

天気が良い朝で西野西公園の山道を歩く。オオウバユリの花が咲いている。季節が進んでいるのを感じる。この植物は7年ほどの生涯の最後の年に花を咲かせ、実を残して枯死する。最後の花に立ち会っていると思えば少々感慨深いものがある。

2019年7月19日(金)

大学者
会う機会無く
写真見る

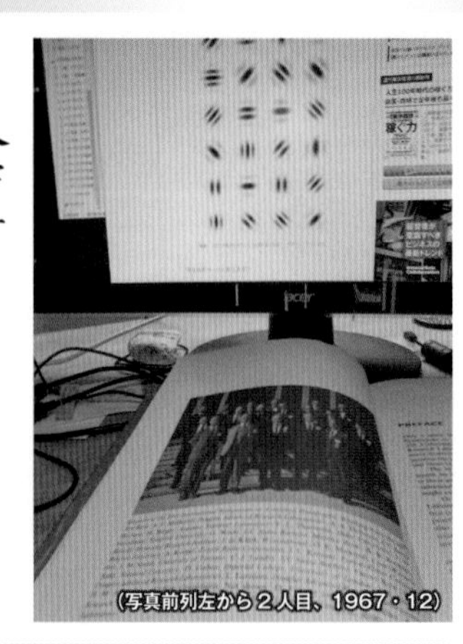

(写真前列左から２人目、1967・12)

昨夕の勉強会後の飲み会でＭ君から視力回復のガボール・パッチの話題が出る。ホログラフィーの発明でノーベル物理学賞のD. ガボール先生の事である。旅費が無く論文だけを届けた第１回音響ホログラフィーの集まりでのガボール先生を見る。

2019年7月20日(土)

ゾウムシや　同定難の　脚写真

葉の上にゾウムシを見つける。ハナウドゾウムシかハイイロヒョウタンゾウムシのいずれかだろうが写真からは同定できず。マクロレンズを使用してかなり接近して撮影したので、体の一部に焦点が合い他がぼけ、虫の同定の写真には不向きである。

2019年7月22日(月)

政治より
カボチャに期待
冷える夏

庭の畑のカボチャが予想に反して大きくなっている。いくつも実が成長しているので、収穫が期待できる。昨日の参院選挙の結果が新聞で報じられている。総じて言えば選挙の前後の変化は余りなく、政治への期待はカボチャの成長ほどもない。

2019年7月24日(水)

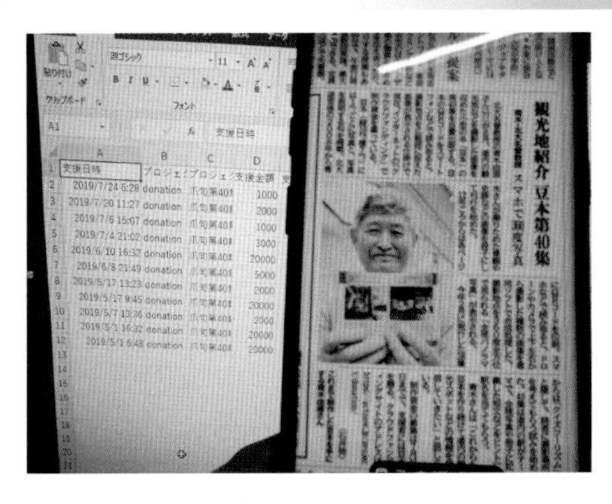

マスコミの　宣伝力に　目を見張り

北海道新聞朝刊にクラウドファンディングによる爪句集40集の出版紹介記事が出る。マスコミの宣伝力のすごさは、朝の6時台に道新を読んだ旭川市の読者からの支援があった。締め切りの今月末まで目標額の10万円に達しそうな気配である。

2019年7月26日(金)

参加者の　少なき勉強会の　成果大

月1の勉強会が7月後半にあり、北海道新聞社のS部長に同社の新規事業のクラウドファンディングについて話してもらう。参加したM教授がその場でS部長と話し合い、その後10日も経たない本日にプロジェクトが公開される。これは速い。

2019年7月29日(月)

空撮や　蚊と戦いて　森の中

西野市民の森の散策路で、上空の開けた場所でドローンを飛ばし空撮を行う。夏場の森の中でのドローン飛行の最大の敵は蚊である。ドローンの操縦のため両手が塞がれ蚊が寄ってきても追い払えない。顔を覆うネット帽子と防虫スプレーに頼る。

2019年7月31日(水)

色校に　支援者追加　爪句集

爪句集の第40集「爪句@クイズ・ツーリズム―鉄道編」の色校が手元にある。クラウドファンディングを利用しての出版で、今日までの支援者の名前を爪句集の最後に入れ、明日出版社に戻す。真夏日も過ぎ去るだろう8月下旬に書店に並ぶ予定。

2019年8月1日(木)

イトトンボ　姿現し　葉月なり

今日から8月で相変わらず暑い1日になりそうである。散歩道でイトトンボを見つける。イトトンボの同定に眼後紋が用いられ、何枚か撮ったものを図鑑と比べてみて、エゾイトトンボではないかと判定する。近くに水辺が無いのに飛んでいる。

2019年8月5日(月)

2羽の鳥　パノラマ写真　4羽見え

札幌は今日で8日連続の真夏日で記録を更新している。真夏日予想の朝、庭でドローンを飛ばし空撮を行う。日の出を迎えいつもの朝の景色が広がる。画面を拡大すると、カラスだろうか鳥が2羽飛んでいるのが写る。撮影の際の時間遅れで4羽に写る。

2019年8月7日(水)

ベランダで　飛ぶ宝石の　接写なり

自宅玄関の階段でコガネムシを見つける。ベランダに移して写真を撮る。キンスジコガネである。美しい昆虫の代表格で、光の当たり具合で背中の筋が金色に光ることからの命名らしい。飛んだ後の翅を仕舞い切れず尻のところからはみ出ている。

2019年8月10日(土)

爪句集　支援受けたり　15人

昨日、共同文化社から「爪句@クイズ・ツーリズム—鉄道編」が納品される。第40集目の記念すべき巻で、クラウドファンディングの支援を受けて出版した。リターン（返礼品）の発送の仕事が控えている。雨と曇りの肌寒いくらいの1日である。

2019年8月11日(日)
山の日

カタツムリ　登頂したり　花の山

最近散歩で一番良く目につく花はノラニンジンである。放射状に広がる花序の先でまた散形花序となっている。平らになっている花の上に虫などが乗っているのを見かける。今朝は小さなカタツムリが居る。細長い花茎を登って辿りついたようだ。

2019年8月12日(月)
振替休日

返礼品
床に並べて
記録撮り

朝の散歩時に、昨日準備したクラウドファンディングのリターン（返礼品）をポストに投函しようと思う。ブログ記事のため投函する郵便物の写真を撮っておく。自宅の庭で収穫したニンニクも一緒に写っている。日の出の見えない曇り日である。

2019年8月14日(水)

モエレ山　暗く写りて　不気味朝

超大型の台風10号が西日本に上陸のニュースがネットに流れる。北海道は明日、明後日に影響が出そう。日の出前の空も不気味。ベランダで手前の屋根を避けて、モエレ山と日の出前の空の明るい部分を同時に画面に収めようとして上手くいかず。

2019年8月16日(金)

台風の　前触れの雨　景霞む

台風10号の影響で朝から雨。東の空が明るいので自宅前でこれを撮ろうとする。しかし、電線が邪魔で、電線の写り込まない場所まで歩く。傘も持たず体が濡れるが、行きがかり上歩き続けて少し高い場所から都心部方面を撮る。午後大荒れ予報。

2019年8月17日(土)

台風過　天使の梯子　掛かりたり

寝ている間に温帯低気圧に変化した台風10号が通り過ぎて行ったようだ。風雨の音で起こされる事は無かった。朝、庭に出て台風一過の様子を空撮する。陽の昇る東の空に天使の梯子が見えている。雨の後で緑が濃く写る。この後散歩に出掛ける。

2019年8月18日(日)

塩谷浜　月が写りて　西の空

日の出前に塩谷の海岸の空撮を行った際に月が西の空にあるのが確認できた。空の低いところに雲が広がっていて、その少し上のところに少し欠けた月が見えている。満月から3日後の月である。眺望の良い塩谷丸山の頂上は雲で覆われている。

2019年8月20日(火)

散歩終え　庭のカボチャを　記録撮り

最近の散歩道は西野市民の森に定着した感じ。曇り日で、登り降りのある山道をひたすら歩いて、これといった写真は撮れず。帰宅時に庭のカボチャの大きくなった状況を記録のためパノラマ写真に撮る。食べられそうでどんな味がするのだろうか。

2019年8月21日(水)

涼中に　クルミ齧(かじ)りて　リス朝餉

朝は涼しくなってきた。西野市民の森を歩いていて樹上にリスを見つける。朝食時間のようで、食べているのはクルミの実のようだ。これから秋にかけて食べ物が豊富で、餌探しよりは仲間で遊びに興じている時間が多く、二匹が跳び回っていた。

2019年8月22日(木)

いそがしく　スピーチ合間の　写真撮り

勉強会のｅシルクロード大学で「爪句集全40巻出版を顧みて」の演題で講義を行う。今回は爪句40集目の出版記念会も兼ねて、講義の後で参加者のほぼ全員にスピーチをしてもらう。食べ物飲み物を参加者持ち込みで会費無しのパーティーとなる。

2019年8月27日(火)

ドローン下に　貯水(みず)の減りたる　ダム湖見え

所用がありオタルナイ湖の近くまで行ったついでにオタルナイ湖の岸辺で空撮を行う。湖面上空からは直線のダムと円形のループ道路の対比が見事で、朝里の市街地と小樽湾が遠くに写っている。もう1か月もすれば湖を囲む山々は紅葉に変わる。

2019年8月29日(木)

散歩前　庭にキツネで　ブログネタ

階下から家人のキツネとの声が聞こえる。急いでカメラを探し、庭に居るキツネをガラス戸越しに撮る。以前にも見たキツネのようだ。この辺りの住宅街と山をテリトリーにして棲みついているのかもしれない。ブログの写真が撮れて都合が良い。

2019年8月30日(金)

写真館　いかになりしか　旧校舎

植松電機での打ち合わせの帰り、三橋龍一北科大教授の車で旧西美唄小学校に立ち寄る。ここに北海道鉄道写真館を開設した経緯がある。しかし、旧校舎内にある会社「北海道霊芝」は閉まっていて入れない。建屋の前でドローンを飛ばし空撮を行う。

2019年8月31日(土)

食用と　知れば見直す　タマゴタケ

晩夏から秋に移行する森の道はキノコのオンパレードである。今朝はタマゴタケが目に付く。白い殻を破って傘が出て、それから柄の部分が成長する。一見毒キノコのようでもあるが、ネットには食用になる美味のキノコとあるが、食べた事はない。

2019年9月1日(日)

島で浮く　先端企業　森の海

明日打ち合わせのため札幌テクノパークに行く予定。高速道路を通ってテクノパークに行く道を確かめるために久しぶりに出向く。テクノパーク内で空撮を行う。空から見るテクノパークはポンノッポロ橋でつながった森の中に浮かぶ島のようだ。

2019年9月2日(月)

立姿　豆粒となり　判別難

ビー・ユー・ジーDMG森精機の社屋の前で空撮パノラマ写真撮影。川島社長と寺町さんが傍で見ているので、50m上空からなら人物も写るこの高さでの空撮。しかし、真上からの立姿の写真では人物の判別が難しい。月曜日で自動車が多い。

2019年9月3日(火)

躓(つまず)けば　先端企業も　神頼み

札幌テクノパークは造成時期により第1と第2の区分がある。第2テクノパークには神社が造られた。澄丘神社で、先端技術企業団地と神社の組み合わせが面白い。先端技術も最後には神頼みとなるのか。鳥居の近くからドローンを飛ばし空撮する。

2019年9月5日(木)

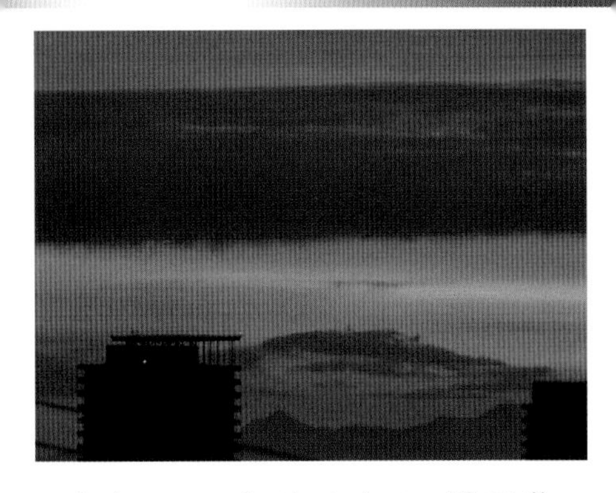

今朝も又　朝焼け空は　撮影難

朝焼け空が広がっている。これを撮りたいのだが、カメラをどの方向に向けても電線が写り込んでくる。ズームを効かして遠くのビルに焦点を合わせ、近くの電線をぼかす。しかし、朝焼け空の狭い範囲しか写らず、住宅街での朝焼け撮影は難しい。

2019年9月8日(日)

頂上標　リボンと共に　戻りたり

　朝の散歩時に「西野市民の森　251峰」の標識が戻っているのを確認する。無くなる以前の標識と比べるとほとんど同じであるけれど、やはり新しく作られたものである。この森の道を管理している部署があり、周期的に点検・整備をしているようだ。

2019年9月9日(月)

ピックアップププロジェクト

北海道の魅力をパノラマで味わおう！～2020年空撮パノラマ写真カレンダー制作プロジェクト～

残り **83** 日

59,000 円 (59%)

新着プロジェクト

現在募集中のプロジェクト一覧

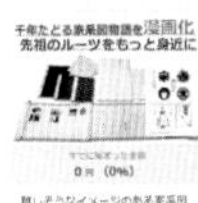

0 円 (0%)

難しそうなイメージのある家系図の作り方をわかりやすい漫画に

9,000 円 (3%)

若手デザイナーを育てるファッション・イベントを成功させたい！

174,000 円 (17%)

西アフリカブルキナファソ初の野球場を作りたい

20,000 円 (1%)

中国江蘇省・上海エリアに「北海道」を届けて、もっと交流を！

6割で　足踏みするか　支援金

3日前に公開となった来年のカレンダー制作のクラウドファンディング（CF）の支援金額が目標額の6割ほどに達する。支援の達成率を高めたいので、目標額はかなり低く設定している。知っている人に声を掛けての支援金募集でCFは名ばかりだ。

2019年9月10日(火)

猛毒を　隠して花の　優美なり

森の道でトリカブトの花を見つける。この植物全体に毒があり、それも猛毒と知ると花を見る目も変わる。観賞用として庭にもあった記憶があり要注意だ。漢方薬として利用され、塊根は附子（ぶし）と呼ばれ、強心作用や鎮痛作用があるようだ。

2019年9月12日(木)

雨降りの　朝日の景を　電線(せん)が裂き

雨が降っているのに朝日が出ている。傘を差して写真を撮る事もできないので、自宅前で素早く朝日を撮る。この状況では電線とか屋根とかを除くのは出来ない相談で、これらが写り込んでくる。撮影時には電線の見えないところに住みたいと思う。

2019年9月13日(金)

名月や　空撮の手を　刺す蚊かな

暦には十五夜とあり中秋の名月である。東の空に月が出る頃を見計らって自宅庭100m上空にドローンを上げ空撮を行う。夜の明かりが灯り始めている大都会の上空に円い月が現れ始める。ドローンを操縦する手に蚊が寄ってきて刺してくる。

2019年9月16日(月)
敬老の日

敬老日　駅前広場　スマホ撮り

Ｄデパート８階のレストランで会食。レストランの窓から札幌駅前広場を見下ろし、スマホで撮る。人だかりが出来ているのはミニ演奏会が開催されているようだ。敬老の日であり、敬老の意味を問うても同席の小学生には答えに窮する質問だ。

2019年9月18日(水)

三分の　遅れや真紅　撮り逃がし

東の空が赤い。この赤さを撮り逃がすまいと、自宅近くの見晴らしの良い場所に急ぎ足で向かう。しかし、3分も経っていないのに、視界の開けた場所に立つ頃には空の赤色は褪せている。空が赤く燃えるのはほんの一瞬であると今朝も知らされる。

2019 年 9 月 19 日(木)

衛星の　打ち上げ目指す　努力かな

月１回の勉強会 eSRU で北海道科学大学三橋龍一教授の人工衛星とクラウドファンディング(CF)がらみの話を聞く。三橋先生の CF は既に終了していて、目標額の２倍以上の支援実績である。衛星通信のための旭岳と手稲山の通信実験の紹介もあった。

2019年9月22日(日)

毛先まで　影絵で写る　尻尾かな

木の上の方から音がする。多分リスだろうと探すけれど姿が見えない。やっと木から木へ移るリスを見つけてシャッターを押す。2、3枚撮れたけれどあまり上手く写っていない。リスの尻尾の毛先まで木漏れ日でシルエットになって見えている。

2019年9月24日(火)

雨雲を　連れて通過の　低気圧

　朝の散歩に出掛けようとすると雨が降ってくる。新聞の天気予報欄は晴れマークなのだが、台風から変わった温帯低気圧の影響が未だ残っているようだ。朝の散歩には行かず玄関先から都心部の方向の写真を撮る。雨雲の下に明るい空が見える。

2019年9月26日(木)

大きな葉　隠れる野鳥　メジロなり

早朝は寒く感じる気温であったが、散歩に出る頃は直射日光が熱く感じられる。何か分からない実の生っている木に小さな野鳥が集まっている。木の葉が邪魔をして鳥影が上手く捉えられない。野鳥はメジロで木の実を求めて集まって来たようだ。

2019年9月29日(日)

朝焼けに
大金星を
重ね見る

夜中のオリオン座は雲で見られなかった。その代わり朝刊で大金星を目にする。昨日行われたW杯で日本が優勝候補のアイルランドを破った。先行されて後半での逆転で観客は沸いた。主将のリーチ・マイケル選手は札幌山の手高校出身で親近感。

2019年9月30日(月)

緑葉に　赤味押し出し　ツチアケビ

森の道で笹やその他の植物の葉が少なくなっていくと、それまで茂みの中にあったものが見えてくる。ツチアケビの実は赤いので特に目立つ。ツチアケビの実の傍でパノラマ写真を撮ると赤い実が確認できる。森の道の落ち葉が日毎に増えている。

2019年10月1日(火)

クマゲラの　鳴く声文字に　移し兼ね

野鳥の鳴き声を文字で表現するのは難しい。クマゲラが鋭く鳴く時があり、鳴き声でクマゲラと分かるのだが、鳴き声の文字表現の適切なものが見つからない。「ケーン」とも「キョーン」とも聞こえる。口を開いて鳴いているクマゲラを撮る。

2019年10月2日(水)

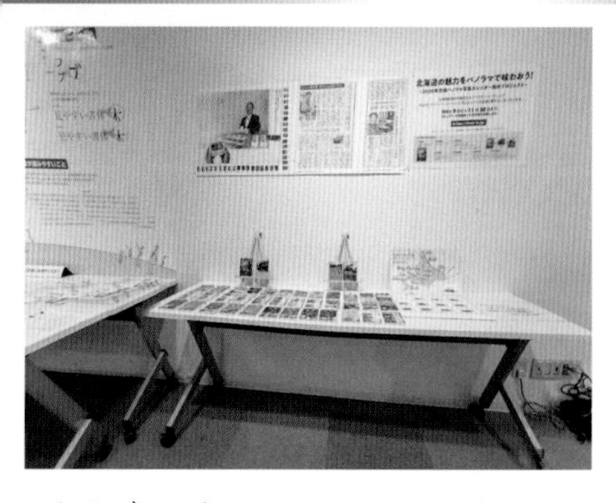

爪句集　並べてみれば　圧巻なり

アイワードの「北海道自費出版・記念誌展」が始まる。会場の一画にこれまで出版してきた爪句集40巻が並べられる。現在行っているクラウドファンディング支援による空撮カレンダーの宣伝もある。会場で2020年のカレンダーの初校の校正を行う。

2019年10月5日(土)

牛顔の
駅舎がゆるキャラ
ほろりんさん

道新夕刊に「南幌延駅還暦で化粧直し」の記事が載る。駅の還暦を記念して同駅のイメージキャラクター「ミナミほろりんさん」を駅舎壁に描くイベントを企画しファンの参加を募っている。爪句集のこの駅のパノラマ写真を記事と重ねてみる。

2019年10月6日(日)

アオサギや　警戒する目　我に向け

中の川でアオサギを見つけるが写真に撮る前に逃げられる。逃げた方向を見て、時々見かける場所まで歩いて行き遠くに姿を再発見する。今度は静かに近づいて写真を幾枚か撮る。アオサギの方はこちらを認識しているようでさらに近づくと飛び立った。

2019年10月8日(火)

雪虫や　綿毛を付けて　浮遊飛び

雪虫が飛んでいる。飛ぶのはゆっくりでも、あまりにも小さいので飛翔姿を撮っても点のようにしか写らない。止まったところを接写する。綿毛が体を覆っていて、これでは飛び難かろうと思えるのだが、空中に浮かぶようにして飛んでいる。

2019年10月13日(日)

月は満ち
地上惨状
気持ち欠け

テレビでは台風19号による凄まじい被害の様子が放送で続いている。本州の大河川が決壊して濁流が住宅地を呑み込んでいる。車両基地の新幹線車両が泥水に浸かっている光景にも目を疑う。札幌は風が吹いても雨も無く、満月前の月が出ている。

2019年10月14日(月)
体育の日

黄紅葉　奥三角を　囲みたり

奥三角山の頂上でドローンを飛ばし空撮を行う。通って来た三角山が北の方角に円錐形で見える。三角山から奥三角山の中間に大倉山がありその斜面にあるシャンツェはここからは見えず、南の方角の宮の森シャンツェが見える。黄紅葉が始まる。

2019年10月15日(火)

爪句集　確認したり　坂会館

　会食のためレトロスペース坂会館の近くまで行く。会食の帰り同館に寄りパノラマ写真撮影。同館には爪句集を寄贈しているので、爪句集が収まるように写真を撮る。狭い館内に多くの展示物があり、三脚無しの撮影ではずれの多い写真となる。

2019年10月17日(木)

壁にある　写真の暦　床にあり

写真展に応募した平成最後の日と令和最初の日の組みの写真は2020年用のパノラマ写真カレンダーにも採用した。そのカレンダーを床に置いて、写真展の展示写真と見比べる事ができるようにパノラマ写真を撮る。写真の張り合わせに苦労する。

2019年10月19日(土)

IST
ロゴ入り暦
貴重なり

朝刊に現在札幌市内で開催中の「NOMAPS」でインターステラテクノロジズ社の堀江貴文氏と稲川貴大社長のトークセッションの記事が載る。昨日届けられた同社の名入りカレンダーと記事を重ねて撮る。市販されないこのカレンダーはお宝である。

2019年10月20日(日)

黄葉の　大波街に　迫りたり

西野市民の森のルートで札幌の都心部方向の見晴らしの良い場所がある。中の川から南のルートで私有地沿いの縁の細い道である。この場所からドローンを飛ばして30mの高さから空撮を行う。東方向に街が望め周囲の山は黄葉が始まっている。

2019年10月22日(火)
即位礼正殿の儀

ドローン下は　紅黄葉の　織る錦

山々の色付きは最盛期を迎えている。これを空撮パノラマ写真に撮らぬ手は無いと、家人の運転する車で毛無峠まで行く。峠のパーキング場でドローンを飛ばし、眼下の見事な紅黄葉の景観を撮る。曇り空で小樽港の海と空が鮮明でない点が残念である。

2019年10月24日(木)

黄葉の　中で食事の　リスを撮る

朝食前に森につながる道まで出掛けてリスの撮影。リスは朝食中でクルミの実をかじるのに余念が無い。こういう状態になると写真が撮り易い。かなり接近しても逃げない。真っ盛りの黄葉との組み合わせで撮ろうとして上手く表現できなかった。

2019年10月26日(土)

「大」の字を　花弁で書きて　園芸種

A市に行く家人をJR・H駅まで送った後散歩に出掛ける。近所の園芸愛好家の温室で大文字草の鉢が並んでいるのを見る。文化の日に町内会の集会場で開かれるイベントに販売用で提供する鉢物である。毎年開催のこのイベントは知らなかった。

2019年10月27日(日)

黄葉は　盛りを過ぎて　さっぽろ湖

　黄葉を期待して早朝の暗い内にさっぽろ湖まで空撮に出向く。天気予報通りの曇り空で日の出の光景も朝焼け空も写せなかった。湖は小樽内川をせき止めた定山渓ダムによって出来た人造湖である。湖を囲む山々の黄葉は既に盛りを過ぎていた。

2019年10月29日(火)

秋晴れや　アカゲラ撮りて　住宅街

住宅街に現れたアカゲラを撮る。森では野鳥の姿を隠す木の枝や葉があるのに対して、そのような邪魔ものが無いので鮮明な姿が写せた。秋晴れの青空が背景になっていて、赤と黒の目立つアカゲラは、野鳥のうちでもモデルとしてのランクが高い。

2019年10月31日(木)

内容を
残す工夫や
サクラかな

クラウドファンディング（CF）を実行しているので、プロジェクト終了後の取り扱いに注意している。家系図に関するCFがあり0%の支援で募集期間が過ぎたらサイトから消されていた。All in 方式でサクラ支援の工夫で内容を残せたものをと思う。

2019年11月1日(金)

円校舎
保存、解体
微妙なり

(撮影 2019・3・26)

道新朝刊に、室蘭旧絵鞆小校舎保存のCFで目標の1千万円が集まった記事。絵鞆小の校舎外観を空撮や地上のパノラマ写真に撮った思い出もあり、最終日にCFの寄付を行った。今年3月末撮影した絵鞆小の二つ並んだ校舎のパノラマ写真を探し出す。

2019年11月2日(土)

全ルート　枯葉絨毯　豪華なり

西野市民の森の山道の木々は大方葉を落とし、道は枯葉の絨毯が敷き詰められている。毎年繰り返される景観で、宮丘公園につながる散策路入口でパノラマ写真を撮る。散策路に入り、人の姿の無い森の道をゆっくり歩く。時々野鳥を見かける。

2019年11月3日(日)
文化の日

文化の日 作品展は 無料なり

以前都心部で会場を借り個展をやっていた。会場の料金だけで10万円前後はかかっていた。その金額と同じぐらいの赤字でカレンダーを発行し、個展の代わりにしている。町内会の文化祭でカレンダー写真とスケッチを並べて無料の作品展が行えた。

2019年11月5日(火)

店内で　爪句集見て　お茶時間

家人と一緒に宮の沢にある喫茶店ペロニに行く。女性の店主を知っているので空撮パノラマ写真カレンダーを進呈。店内には爪句集が並べられている。店内でパノラマ写真を撮影。ペロニとはアイヌ語でミズナラの木を意味し店の横にこの木がある。

2019年11月7日(木)

野鳥(とり)の目は　人を認めて　飛び去らず

　キツツキ類は幹や枝を伝って移動することが多いので、見つけると他の野鳥と比べると写真を撮り易い。今朝はオオアカゲラを見つけてかなり近くで撮影できた。写されているのはとっくに気が付いているのだろうけれどすぐに飛んでいかない。

2019年11月8日(金)

立冬や　昼間初雪　期待する

立冬の朝、地面や屋根に白いものが見える。昨夜の初雪の証である。日の出は見られず、雲間から朝日が漏れて来る。天気予報の雪を予想させる厚い雲が朝空に広がっている。初雪はやはり昼間に降ってくるのを見たいので、今日それを期待する。

2019年11月9日(土)

(撮影 2014・12・22)

我が暦　書店に並ぶ　5年前

昨夕 NHK のテレビ番組「奇跡をよぶ本屋のオヤジ」を偶然視る。旧「くすみ書房」店主故久住邦晴さんのドキュメンタリー。地下鉄大谷地駅の商業施設に同書店があった時、自家製カレンダーを置いてもらった時のパノラマ写真を5年ぶりに処理する。

2019年11月11日(月)

追悼の　暦送りて　荷を下ろし

故服部裕之氏の追悼名入れカレンダーをドイツ在住のＢ氏夫妻に送る準備を終える。Ｂ氏夫妻の名前も追悼者中にある。「SUCCESS IS MUTUAL」は服部氏らが創立したＢ社の玄関の壁にはめ込まれたプレートを撮影して印刷したものである。

2019年11月12日(火)

重ね撮る
宇宙ビジネス
爪句集

道新朝刊に「丸紅、大樹ISTに出資」の見出しで記事が載る。ISTの宇宙ビジネス営業強化とある。丁度「爪句@天空物語り」の校正をしていて、同社が今年7月に打ち上げたモモ4号機からの撮影映像と射場のパノラマ写真のページを重ねてみる。

2019年11月13日(水)

ヤマゲラや　悪役面で　損な野鳥(とり)

聞きなれない野鳥の鋭い鳴き声が耳に届く。いつものことながら文字で表現できない。辺りを見回してヤマゲラを見つける。目の縁が黒く、さらに黒い顎線があるので悪役面で損をしている。撮影したものは頭に赤い部分が無いので雌鳥である。

2019年11月15日(金)

雪背負い　咲くバラの花　スマホ撮り

　明るくなってからの２回目の雪かき。放っておいてもかなり解けるとは思うけれど、このまま凍り付いたら厄介と小まめに作業。スマホでフェンスのところのバラの花を撮る。バラは寒さに強く、雪を背負って咲いている。終日雪降りのようである。

2019年11月16日(土)

カラマツや　俯瞰の雪景　褐色(いろ)を添え

久しぶりに自宅庭でドローンを上げ雪景色になった街を撮る。空撮写真には写っていないけれど雪がちらついている。日課にしている市民の森の散歩は中止し、空から森の道の見当をつける。カラマツの黄葉が枯木色の山の雪景色に色を添えている。

2019年11月19日(火)

家人発つ　駅捜しても　見つからず

一番列車でA市まで行く家人をJRのH駅まで送る。帰宅して庭でドローンを飛ばし、上空70mから見下ろした日の出時の景色を撮影。空撮パノラマ写真を処理し、日の出前に行ったH駅はどの辺りか捜しても、高い建物がないのではっきりしない。

2019年11月21日(木)

朝日浴び　透けて輝く　尻尾かな

動き回っているリスをカメラで追いかけて撮る。しかし、体全体が枠内に入らず、体の一部が切れた写真が何枚も残る。枝に止まった瞬間を撮り、どうにか全体を取り込むことができた。垂らしたリスの尻尾の毛が朝日を浴び、透けて輝いている。

2019年11月22日(金)

電飾木 雰囲気出すや クリスマス

昨夕サッポロファクトリーに出向いたついでに、恒例のアトリウムに飾り付けられている巨大クリスマスツリーが点灯されたところをパノラマ写真に撮る。ツリーの近くで写真を撮る客の姿があったけれど、さてどんな写真が得られたのだろうか。

2019年 11月 23日(土)
勤労感謝の日

歩き来て　港に寄りて　海を撮る

虎杖浜海産物ロードの店で買い物をしたついでにJR登別駅まで歩くとどのくらいか聞く。10分ぐらいだろうとの返答。車でなく歩きだと念を押しても同じ答え。40分ほど余裕があったので歩く。結局40分以上かかり予定の列車は諦め登別港で空撮。

2019年11月30日(土)

(2019・11・21 撮影)

ハガキ来て　まとめ急かされ　講義録

ハイデックス・和島の和島会長から11月21日に行われたeSRUの勉強会の時の写真がハガキにプリントされ届く。和島氏の趣味は常時カメラ持参でポートレート写真撮影である。11月は今日が終わりで、勉強会の講義録を作成せねばと資料を揃える。

2019年12月1日(日)

アカゲラや　赤を誇示して　師走鳥

今日から師走。森の道を歩いてアカゲラを撮る。師走はポインセチアの赤とかサンタクロースの赤マントとか、赤を連想する月である。アカゲラも赤がトレードマークの色で、師走の鳥の表現が当てはまる。帰宅すると天気予報通りに雨になる。

2019年12月5日(木)

空撮で　写せぬ光柱　サンピラー

天気予報では曇りから雪になっているけれど晴れた朝である。日の出の空に薄く太陽柱が見えるので空撮でも写るかとドローンを飛ばしてパノラマ写真を撮ってみる。予想したように空撮では太陽柱撮影は無理である。100m下の自分が点で写る。

2019年12月7日(土)

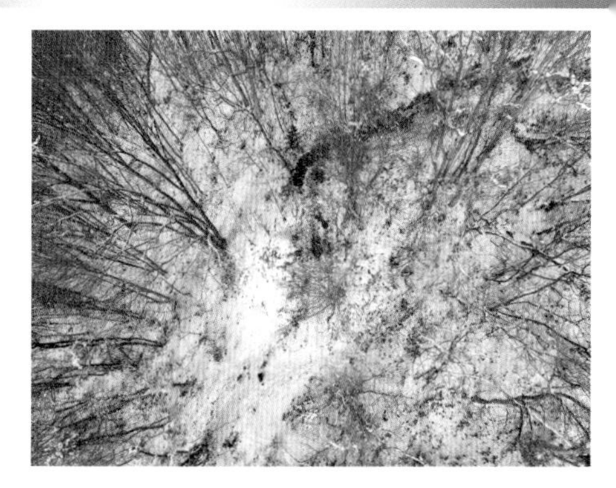

坂途中　空から見たり　新階段

日課の散歩コースの西野市民の森の坂道の途中でドローンを飛ばし、空撮を行う。道筋が写るようにと30m上空から撮影を試みる。画像の下の方から登ってきて、上の方向に進む。上の方向の登山道の木の階段が新しくなり、焦げ茶色で続いている。

2019年12月8日(日)

年一度
アプリ・ソフトは
エラー出し

年賀状を出す時期に入っている。年賀状の代わりに年の変わり目の挨拶状も早々と届く。重い腰を上げて年賀状の住所の印刷に取り掛かる。年に一度のアプリ・ソフトを動かすと、何かしら不都合が発生する。エラーの表示を見て対処に追われる。

2019年12月9日(月)

庭に二羽　アカゲラの来て　語呂合わせ

森の道を歩いていても鳥果が少なかったのに、自宅の庭にアカゲラがやって来て赤松の木に止まる。それも二羽である。庭に二羽と語呂合わせとなる。二羽なら番かと思うと、いずれも後頭部に赤毛が見られるので雄である。窓越しに何枚も撮る。

2019年12月10日(火)

雪玉が　枝に残りて　シマエナガ

気温が高くなって道路の雪が解けている。散歩に出掛けると時折ぱらつく程度の小雨。近くの林で野鳥を撮る。曇り空で光が弱く、コントラストのある写真にならず。拡大してみるとシマエナガが写っている。白い姿が枝に残った雪玉のようである。

2019年12月12日(木)

散歩出ず　野鳥来たりて　ゴジュウカラ

風が強く、時折小雨。天気予報では雪になりそう。この天気では探鳥散歩に行く気が起こらない。ガラス戸越しに外を見ていると、後ろの家の枯れたドイツトウヒにゴジュウカラが来て幹伝いに移動する。散歩に出なくても野鳥の方で来てくれた。

2019年12月13日(金)

人会わず　鳥影も無く　散策路

西野市民の森の南側の散策路の一番高い所でパノラマ写真を撮る。この辺りは鳥果が期待できず、運動のための散歩と割り切っている。ここから少し下れば西野西公園に達する。公園につながっていてもこの雪の散策路で人に出会うことは稀である。

2019年12月15日(日)

新趣向
名刺の入れ子
試したり

新しい名刺が刷り上がったと連絡がある。この名刺にはQRコードが印刷されていて、これを読み取ると「爪句@天空物語り」に収録した空撮パノラマ写真が表示される。このパノラマ写真の天頂付近にまた名刺がはめ込まれていて、拡大すると読める。

2019年12月16日(月)

二年分
暦を並べ
師走なり

今日から師走の後半に入る。この時期になるとカレンダーは2冊用意して、年を跨いでの予定が書き込まれる。自家製のカレンダーが台所の壁に並ぶ。綻びを継ぎした男物のセーターと雪山で使う腰巻を着けて朝足餉を作る家人が写り込んでいる。

2019年12月18日(水)

(2019・10・24 撮影)

天空の
物語り撮る
爪句集

昨日共同文化社から「爪句@天空物語り」が納品される。爪句集表紙の写真のようにドローンを飛ばしての空撮写真も多数収録している。未処理の空撮写真を処理して爪句集と並べて撮る。国交省に申請中の新しい飛行許可・承認申請が気になる。

2019年12月19日(木)

驚きは　学生実験　米招待

勉強会eSRUで北科大の学生の発表を聞く。「学生目線からの宇宙開発」のテーマで同大同好会のT君、H君の発表。ハッカソンで最優秀賞となり、学生2名がシリコンバレーに招待旅行と聞くと驚く。飲み会での衛星打ち上げ資金問題の議論が熱い。

2019年12月22日(日)

平凡な　冬至の日の出　待ちて撮る

冬至の日の出を撮るため近くの坂の途中で陽が顔出すのを待つ。7時を少し過ぎて三角山の裾の山際から陽が昇ってくる。茜空やサンピラーを期待したのだが、平凡な日の出の風景である。今日から日毎に昼が長くなっていくと思うと気が軽くなる。

2019年12月23日(月)

お宝や
切手のデザイン
爪句集

ちょっとした切手のコレクションが手元にある(あった)。しかし、額面より高く売れるほどでもないので、郵便物を出す時にはどんどん使っている。爪句集の表紙をデザインした特注切手もあり、額面の価値しかないけれど、お宝で1枚残した。

2019年12月24日(火)

人並び　光のオブジェと　記念撮

札幌の冬の風物詩のホワイトイルミネーションのパノラマ写真撮影に出向く。毎年同じ趣向のイベントでも、記録目的もあり大通３丁目で撮影開始。イルミネーションのオブジェが輝き、記念撮影のサービスに人が並ぶ。テレビ塔も電飾の装いで加わる。

2019年12月28日(土)

列車来ぬ　駅で撮りたる　雪の山脈（やま）

朝F工業のY氏の運転する車で襟裳岬に向かう。札幌は雪で日高路は晴れる。途中列車の通過する事もなくなった日高線の廃駅寸前の駅に寄り空撮パノラマ写真撮影。蓬栄駅から見る冠雪の日高山脈が青空にくっきりと稜線を描いていて見事である。

2019年12月29日(日)

強風(かぜ)に耐え　風極の地の　日の出撮り

　強風の中襟裳岬で日の出時のパノラマ写真を撮影する。防寒服に身を固めたカメラマンの他に人影は無い。石畳の広場に「風極の地」と記された石碑がある。文字通りの強烈な風の中でドローンによる空撮は無理な話で、地上で日の出を撮るしかない。

あとがき

この「あとがき」を書いている丁度その日（2020年1月26日）の北海道新聞朝刊に、本爪句集を返礼品にしたクラウドファンディング（CF）の案内が掲載された。最近の爪句集出版に際しては、少しでも出版費用の足しにしようとCFを利用している。しかし、実質的には大した金銭的支援にはなっていない。

爪句集は元々採算性を度外視した自費出版であり、赤字は覚悟の上である。しかし、40集を超えるまでになると、赤字は半端なものではなくなっている。ここは少しでも赤字幅を圧縮しようとCFを利用している。しかし、返礼品（爪句集）や郵送料を計算すれば、実質的に出版費用に回せる支援金はほとんど期待できない。それにもかかわらずCFを実行するのは、爪句集の宣伝効果を狙っているからである。

これまでCFは2社を利用して来た。そのうちA社は集まった支援金の10％を会社の取り分としている。前記新聞社のCF（find H）は20%が社の取り分で、その代わり1回は新聞紙面で紹介してくれる。このマスコミの宣伝代に10%を当てていると考え、その効果はいかに、と推移を見守る。

「爪句集を出版してデジタル文芸を広めたい」とのCFのキャッチコピーからも分かるように、提案しているCFは社会的問題の解決やイベント実行を目的としたものではない。趣味の世界のテーマであり、広く共感者を集めるのは難しい。しかし、プロジェクト実行者としてはそれなりに意義のある事で面白いと思ってやっている。今回は1月31日までに支援していただいた方々の名前をこの「あとがき」に追記する事にしている。その支援者の名前を見ると、ほとんどが知り合いであり、見ず知らずのクラウド（群衆）からの支援とはほど遠い資金の集め方になっている事を証明している。

爪句は写真のファイル名として５７５の句を付けたものである。本爪句集の採用写真として、ドローンを飛行させた空撮写真も多い。その空撮は自宅上空や夜間のものがある。人工密集地の自宅庭上空や目視の出来ない夜間のドローンの飛行は、国土交通省東京航空局長の許可・承諾（東空運第15360号、東空検第7034号）を得て行っている点を、誤解のないようにここに記しておく。

ドローンの飛行や本爪句集に関するCFに関しては北海道科学大学三橋龍一教授にお世話になっている。これらの事で同教授にお礼申し上げる。ドローンの空撮旅行では、福本工業社員の山本修知氏と同道する機会があり、その際撮影した空撮パノラマ写真を本爪句集に採用している。ここに記して山本氏に感謝する。

時折WeChatで話題を提供してくれている成都市の西南交通大学准教授の侯進先生とのやり取りのチャット画面が本爪句集に載っている。侯進先生やその外チャットに登場するかつての研究室の中国人留学生とのネット会話も面白かった。

これまで出版した爪句集を大学や高校の図書館、道立文学館、その他の施設に寄贈して来ている。寄贈の際に便宜を図っていただいた関係者の方々にここでお礼申し上げる。爪句集の寄贈は、新しい爪句集が出版される都度行っていきたいと考えている。

㈱共同文化社と㈱アイワードの関係者にはこれまで通り本爪句集出版でお世話になっておりお礼申し上げる。これもいつもの事ながら、空撮取材旅行等に運転手として手伝ってくれ、爪句集出版に裏方で支えてくれた妻の爪句集出版への役割は大きく、これを最後に記して妻に感謝する。

クラウドファンディング支援者のお名前

（敬称略、寄付順、2020 年 1 月 31 日現在）

三橋龍一、相澤直子、劉　真、木元一友、
三橋和代、芳賀和輝、侯　進、張 善俊、
永田晴紀、山下正志、長谷川義和、庄田英明、
亀澤千博、寺町真澄、阿部恭徳、似鳥寧信、
川島昭彦、新林俊哉、安田 寛

著者：青木曲直（本名由直）（1941 ～）

北海道大学名誉教授、工学博士。1966 年北大大学院修士修了、北大講師、助教授、教授を経て 2005 年定年退職。e シルクロード研究工房・房主（ぼうず）、私的勉強会「e シルクロード大学」を主宰。2015 年より北海道科学大学客員教授。2017 年ドローン検定 1 級取得。北大退職後の著作として「札幌秘境 100 選」（マップショップ、2006)、「小樽・石狩秘境 100 選」（共同文化社、2007)、「江別・北広島秘境 100 選」（同、2008)、「爪句＠札幌＆近郊百景 series1」～「爪句＠天空物語り series41」（共同文化社、2008 ～ 2019)、「札幌の秘境」（北海道新聞社、2009)、「風景印でめぐる札幌の秘境」（北海道新聞社、2009)、「さっぽろ花散歩」（北海道新聞社、2010)。北海道新聞文化賞（2000)、北海道文化賞（2001)、北海道科学技術賞（2003)、経済産業大臣表彰（2004)、札幌市産業経済功労者表彰（2007)、北海道功労賞（2013)。

≪共同文化社　既刊≫

〔北海道豆本series〕

1　爪句@札幌＆近郊百景
212P（2008－1）
定価　381 円+税

2　爪句@札幌の花と木と家
216P（2008－4）
定価　381 円+税

3　爪句@都市のデザイン
220P（2008－7）
定価 381 円+税

4　爪句@北大の四季
216P（2009－2）
定価 476 円+税

5　爪句@札幌の四季
216P（2009－4）
定価 476 円+税

6　爪句@私の札幌秘境
216P（2009－11）
定価 476 円+税

7　爪句@花の四季
216P（2010－4）
定価 476 円+税

8　爪句@思い出の都市秘境
216P（2010－10）
定価 476 円+税

9　爪句@北海道の駅－道央冬編
P224（2010－12）
定価 476 円＋税

10　爪句@マクロ撮影花世界
P220（2011－3）
定価 476 円＋税

11　爪句@木のある風景－札幌編
216P（2011－6）
定価 476 円＋税

12　爪句@今朝の一枚
224P（2011－9）
定価 476 円＋税

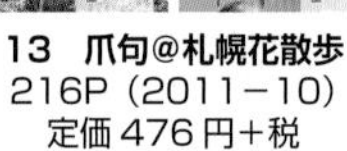

13　爪句@札幌花散歩
216P（2011－10）
定価 476 円＋税

14　爪句@虫の居る風景
216P（2012－1）
定価 476 円＋税

15　爪句@今朝の一枚②
232P（2012－3）
定価 476 円＋税

16　爪句@パノラマ写真の世界－札幌の冬
216P（2012－5）
定価 476 円＋税

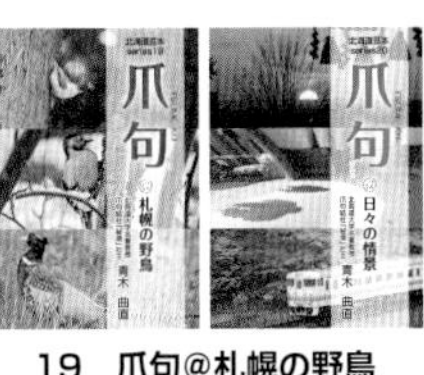

17　爪句@札幌街角世界旅行
224P（2012－7）
定価 476 円＋税

18　爪句@今日の花
248P（2012－9）
定価 476 円＋税

19　爪句@札幌の野鳥
224P（2012－10）
定価 476 円＋税

20　爪句@日々の情景
224P（2013－2）
定価 476 円＋税

21　爪句@北海道の駅－道南編 1
224P（2013－6）
定価 476 円＋税

22　爪句@日々のパノラマ写真
224P（2014－4）
定価 476 円＋税

23　爪句@北大物語り
224P（2014－11）
定価 476 円＋税

24　爪句@今日の一枚
224P（2015－3）
定価 476 円＋税

25　爪句@北海道の駅
－根室本線・釧網本線
豆本　100 × 74㎜　224P
オールカラー
（青木曲直 著　2015－7）
定価 476 円+税

26　爪句@宮丘公園・
中の川物語り
豆本　100 × 74㎜　248P
オールカラー
（青木曲直 著　2015－11）
定価 476 円+税

27　爪句@北海道の駅
－石北本線・宗谷本線
豆本　100 × 74㎜　248P
オールカラー
（青木曲直 著　2016－2）
定価 476 円+税

28　爪句@今日の一枚
—2015
豆本　100 × 74㎜　248P
オールカラー
（青木曲直 著　2016－4）
定価 476 円+税

29　爪句@北海道の駅
—函館本線・留萌本線・富良野線・石勝線・札沼線
豆本　100 × 74㎜　240P
オールカラー
(青木曲直 著　2016−9)
定価 476 円+税

30　爪句@札幌の行事
豆本　100 × 74㎜　224P
オールカラー
(青木曲直 著　2017−1)
定価 476 円+税

31　爪句@今日の一枚
—2016
豆本　100 × 74㎜　224P
オールカラー
（青木曲直 著　2017−3）
定価 476 円+税

32　爪句@日替わり野鳥
豆本　100 × 74㎜　224P
オールカラー
（青木曲直 著　2017−5）
定価 476 円+税

33　爪句@北科大物語り
豆本　100 × 74㎜　224P
オールカラー
（青木曲直 編著　2017－10）
定価 476 円＋税

34　爪句@彫刻のある風景
—札幌編
豆本　100 × 74㎜　232P
オールカラー
（青木曲直 著　2018－2）
定価 476 円＋税

35　爪句@今日の一枚
—2017
豆本　100 × 74㎜　224P
オールカラー
(青木曲直 著　2018−3)
定価 476 円+税

36　爪句@マンホールのある
風景 上
豆本　100 × 74㎜　232P
オールカラー
(青木曲直 著　2018−7)
定価 476 円+税

37 爪句@暦の記憶
豆本 100 × 74㎜ 232P
オールカラー
(青木曲直 著 2018−10)
定価 476 円+税

38　爪句@クイズ・ツーリズム
豆本　100×74㎜　232P
オールカラー
(青木曲直 著　2019−2)
定価 476 円+税

39　爪句@今日の一枚 ー2018
豆本　100 × 74㎜　232P
オールカラー
（青木曲直 著　2019－3）
定価 476 円＋税

40　爪句@クイズ・ツーリズム ―鉄道編
豆本　100 × 74㎜　232P
オールカラー
（青木曲直 著　2019−8）
定価 476 円+税

41 爪句@天空物語り
豆本 100 × 74㎜ 232P
オールカラー
(青木曲直 著 2019−12)
定価 455 円+税

北海道豆本　series42
爪句@今日の一枚 ― 2019
都市秘境100選ブログ　http://hikyou.sakura.ne.jp/v2/

2020年2月27日　初版発行
著　者　青木曲直（本名 由直）
企画・編集　eSRU 出版
発　行　共同文化社　〒060-0033　札幌市中央区北3条東5丁目
TEL011-251-8078　FAX011-232-8228
http://kyodo-bunkasha.net/
印　刷　株式会社アイワード
定　価：本体455円＋税

ISBN 978-4-87739-337-3